لغزُ جرَّةِ الزيتونِ

AF729188

دار جامعة حمد بن خليفة للنشر
HAMAD BIN KHALIFA UNIVERSITY PRESS

في أحدِ الأيَّامِ، استعدَّ رجلٌ اسمهُ عثمان للسفرِ. جمعَ نقودَهُ في جرَّةٍ وغطَّاها بالزيتونِ، ثمَّ أخذَها إلى جارِهِ عزَّام.

قالَ عثمان لعزَّام: «أرجو أن تحفظَ هذهِ الجرَّةَ عندكَ ريثما أعودُ من سفري».

وافقَ عزَّام بكلِّ سرورٍ، ومضى عثمان في رحلتهِ.

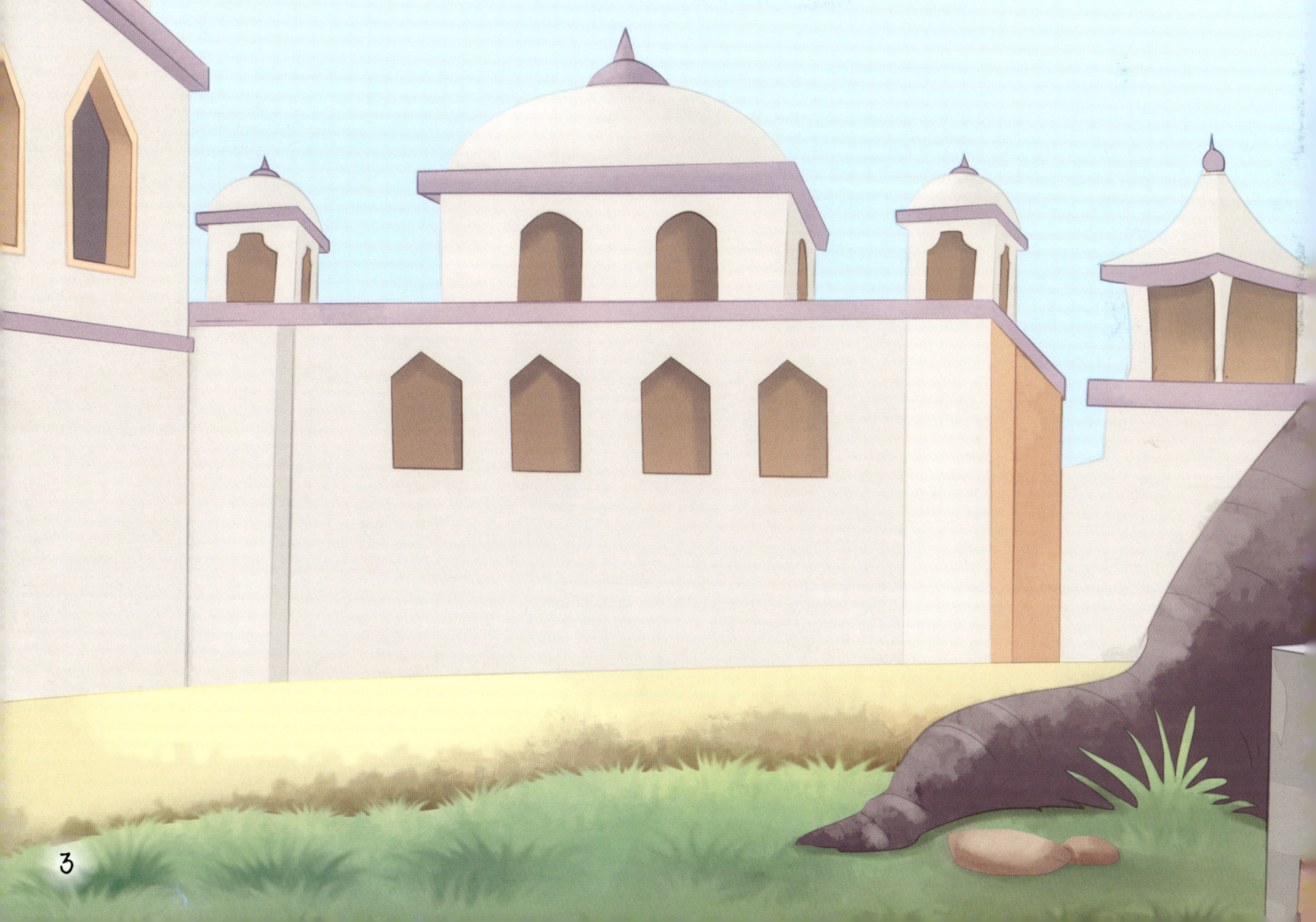

بعدَ ثلاثةِ شهورٍ، عادَ عثمان من سفرِهِ. ذهبَ إلى جارِهِ واستعادَ جرَّتهُ. أرادَ عثمان أن يشتري بعضَ الحاجيَّاتِ من السوقِ، ففتحَ الجرَّةَ وأخرجَ ما فيها.

دُهشَ عثمان كثيرًا حينَ لم يجدْ نقودَهُ. كانتِ الجرَّةُ مليئةً بالزيتونِ فقط.

سارعَ عثمان إلى منزلِ جارِهِ، وسألَهُ عن النقودِ:
«قبلَ سفري وضعتُ نقودًا في الجرَّةِ، ولكنِّي لم أجدْها الآنَ!

أريدُ استعادةَ مالي حالًا».

ادَّعى عزّام الدهشةَ. قالَ: «بل تركتَ لي جرَّةَ زيتونٍ واستعدتَها كما هي. في سفرِكَ لم أفتحْها ولم أقتربْ منها. أنا معروفٌ بأمانتي وصدقي.

كيفَ تتَّهمني بأخذِ مالِكَ؟».

ذهبَ عثمان ليشتكي في ديوانِ القصرِ. تلقَّى الوزيرُ ظريف الشكوى، ووعدَ عثمان أن يساعدَهُ على استردادِ مالِهِ.

استدعى ظريف الجارَ في اليومِ التالي، وبدأَ التحقيقَ معَهُ.

أنكرَ عزَّام مجدَّدًا التهمةَ، وقالَ بغضبٍ: «لا أعرفُ شيئًا عن نقودِ هذا الرجلِ. لقد تركَ عندي جرَّةَ زيتونٍ ثمَّ استعادَها. وأنا أعترضُ بشدَّةٍ على اتِّهامِهِ لي بالسرقةِ».

فهمَ الوزيرُ ظريف أنَّهُ لن يصلَ إلى نتيجةٍ،
فاستدعى طبَّاخَ الديوانِ.

تعجَّبَ الجميعُ من هذا الأمرِ.

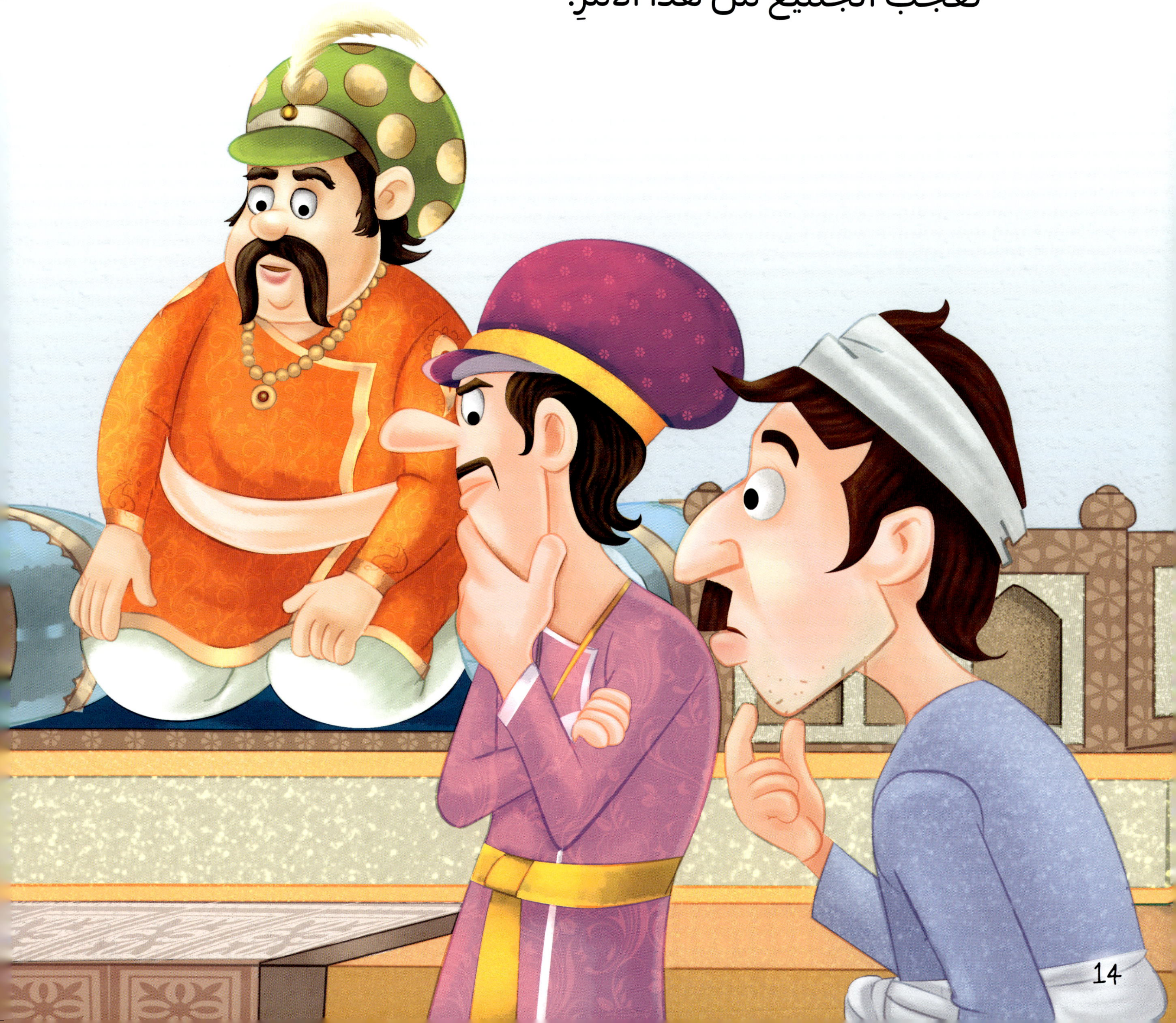

قدَّمَ ظريف جرَّةَ الزيتونِ للطبَّاخِ، وسألَهُ:
«كم عمرُ هذا الزيتونِ برأيكَ أيُّها الطبَّاخُ الخبيرُ؟».

تفحَّصَ الطبَّاخُ الزيتونَ، شمَّهُ وتذوَّقَ حبَّةً منهُ، ثمَّ قالَ:
«هذا الزيتونُ جديدٌ وطازجٌ، لم يمضِ على تخزينِهِ أسبوعٌ».

اعترفَ عزَّام بالسرقةِ، ووعدَ أن يعيدَ المالَ لصاحبِهِ.

عادَ المالُ لعثمان، وعوقب عزَّام بالسجنِ، كما لم يعدْ أحدٌ يثقُ بهِ أو يصدِّقُهُ.